黑白鳥事

林豐明
Fengming Lin

代序　距離

感動，這個以往比較常見於文學作品的用語，近來成為政治口號，推人出來競選的、被推的、罵人的、被罵的，全部朗朗上口；不管在朝在野，搞政治的人不再赤裸裸行其騙術，而開始講究語言，企圖以詞藻影響民眾。這本是好事，可是儘管口號叫得喧天價響，真正被感而動起來的，還是原來的那些人。

在民智已開、資訊多樣化的時代，語言的作用畢竟有其侷限性。

這有點像我們的詩壇。

台灣的現代詩，從早期不食人間煙火的作品當道，經過一連串論戰，許多人對自己生存的現實環境不再逃避，關心人間現實的詩作逐漸抬頭，終至二者到了分庭抗禮的局面。

然而，「看不懂」的問題仍在，「口號化」的現象也照樣為人詬病。二者相識相非，壁壘仍然分明，而不讀詩的多數人，仍然對詩持其定見，視之為小眾的偏好；太逃避現實的和太投入現實的、太「玄」的和太「白」的，到頭來都不得不承認，詩不隨境轉，必須和一切都保持距離，只有適當的距離才能成詩。

而尋找適當的距離，正是有志寫詩者的功課。

《笠詩刊》二五五期，二〇〇六年十月。

輯一

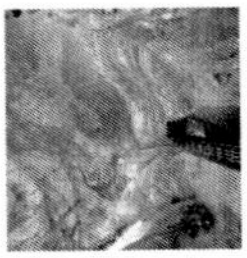

見聞

輯二

黑白鳥事

輯三

偶得

輯一

見聞

東海岸所見

遊覽車戛然停住
蜂擁而出
衣飾光鮮的西部客
這是新近流行的
東海岸尋石之旅

臨水處
一字排開了
某釣友描述為
低著頭逡巡的
候鳥

看他們興高采烈的樣子
我忍住
沒有說出
上帝的傑作
非經驚天動地的暴風雨
不會出土

《笠詩刊》，一九九五年六月。

古蹟

神風特攻隊
在此留下對殖民地的
最後一瞥

為此
他們要求保留
山坡上這棟破房子
當紀念

曾經目睹
暫離殺戮的美國大兵

到此鬆弛神經

山坡上的松樹
因此也被要求留下來
作見證

急於擺脫
動輒以千年計的歷史
他們到處命名
近百年的
古蹟

《笠詩刊》二〇五期，一九九八年六月。

註：花蓮市美崙坡上的松園別館，四周有老松數十株，當年曾為日軍及美軍招待所；近有拆建之議，部份所謂藝文人士陳情抗議，要求當古蹟處理。

夜遊愛河

曾經在廟堂上
噴盡口水
仍然沒能稀釋
她的黑

為了維護
引以為傲的名字
熱情的港都人奔走　爭論
情急地開罵了
許多年
背負不雅的污名

今夜燦爛的燈火下
穿過五道橋的遊艇
迎著清新的風前進
終於體會他們的堅持
只有愛
才能真正成就
這條河

水都意象——高雄，二〇〇四年十二月。

慶修院

曾經傳說
深夜行經廢墟
有人聽到
一陣木魚
幾聲不可辨的
梵唄

從遙遠的異國來參訪
懷想他們的先人
在這裡拓荒的日子
日本遊客們拍照

下跪祈禱　流淚讚嘆
重現昔日丰采的佈教所

如果他們今晚留下來
或許可以證實
那是始終駐此護佑眾生的
不動明王　在持續
其實不曾中斷過的
唵嘛呢叭咪吽

《笠詩刊》，二〇〇五年十二月。

註：花蓮縣吉安鄉舊稱吉野，日據時代是日本移民村，日人遺留之「佈教所」後改名慶修院，一度荒廢，近年整修完成，為值得一遊之古蹟。

砂卡礑步道
——太魯閣公園見聞之一

還原史實
正名固然是好事
我還是喜歡叫她
神祕谷

路旁看台上
大學教授退休
擔任解說工作的地質學家
還在思索如何用通俗的語言
說明為什麼溪流對岸的山壁

岩層如此褶皺
錯身而過
從五間屋折返的遊客
只用一句感歎
就作了完整的敘述
多麼神奇的大自然！

《文學台灣》七十期，二〇〇九年四月。

註：砂卡噹，太魯閣族語的音譯，以前叫神祕谷步道，以豐富的地質景觀著稱。五間屋，步道的終點。

不動明王
——太魯閣公園見聞之二

求子的人越來越少
香火照樣旺盛
從來沒有人問
日本的神
也保佑台灣人嗎

廟旁石縫湧出的泉水
始終只有一種品質
這一身黑色的怒目金剛
沒有國籍

等視眾生

當然更不會在意
座前合掌默禱的遊客
穿藍或
著綠

《文學台灣》七十期，二〇〇九年四月。

註：不動明王，東密（日本密宗）的護法菩薩，造型為黑色的忿怒相。小廟位於舊寧安吊橋西側出口處；廟旁山壁湧泉終年不歇，據云婦女喝該泉水有助受孕。

布洛灣

——太魯閣公園見聞之三

獵場還在
獵人卻消失了
環繞四面的山和谷
而今只殘留太魯閣族人
呼喚祖靈的回聲

整片山坡的百合花
殷殷相迎
回到故土織布的老婦人
國家公園成立後

失去部落的她們
便靠著臉上的刺青
討生活

《文學台灣》七十期，二〇〇九年四月。

註：布洛灣，太魯閣族語「回聲」之意。該台地原為太魯閣族人的一個聚落，國家公園闢建為景點後還村；設有原住民工藝品展售室，由太魯閣族的老婦人，在現場以傳統工具織布吸引遊客。

燕子口

——太魯閣公園見聞之四

希望呼嘯而過的
呼嘯而過
願意緩步當車的
緩步當車

人車分道
燕子口的燕子
爭相走告
終於可以回家了

這不過是贖罪的工程
為了讓路
遠走他鄉的燕子
其實無須感謝
國家公園的德政

《文學台灣》七十期，二〇〇九年四月。

註：燕子口附近山壁原為燕子棲息地，因橫貫公路開路時炸山施工及路過車輛的干擾，燕子絕跡；今另開挖一長隧道供車通行，原狹窄彎曲的路段改為人行景觀步道。

祥德寺

——太魯閣公園見聞之五

見佛之路
平緩的較遠
陡峭的較近
山路分岔處
路牌如是說

奇怪的是
明明已經到了彼岸
為何還有
這麼一段路要走

回頭一望
原來是吊橋惹的禍
橋名普渡
卻忘了筏尚應捨
何況非筏

《文學台灣》七十期，二〇〇九年四月。

註：天祥祥德寺，位居山頂，下橫貫公路過橋後，上山道路分兩條，其一較平緩，另一較陡峭，寺方於橋頭立有解說牌。

神木

——太魯閣公園見聞之六

那邊還有一棵更大的
路過碧綠神木
停車休息紛紛拍照時
有人指著不遠處密林中
只露出樹冠的紅檜說

稱為神　我說
不只是因為活得夠久
或枝幹粗庇蔭廣
得看他是否頂天立地

站得直

還有
最重要的
須佔地利之便
能見度高
讓人得以接近瞻仰

《台灣現代詩》十八期，二〇〇九年六月。

註：據說碧綠神木附近有一棵紅檜，大小與碧綠神木相埒，然無路可達，一般遊客無緣得見。

燕子口的天空線
——太魯閣公園見聞之七

草木的榮枯
其實一直在改變
四周山壁圍成的
形似台灣輪廓的天空線

任何季節
從燕子口的隧道走出來
乍見天光的遊客
無不隨著導覽者的指點
抬頭仰望

讚嘆稱奇
「頭部那麼大
台灣尾都不見了
哪裡有像」

那天　不知是第幾次
陪著朋友在那裡停留
第一次聽到
這樣率直的評語

《台灣現代詩》十八期，二〇〇九年六月。

註：燕子口步道出口處，路面開闊，為錐麓斷崖與對面的山壁包圍，成一小盆地，人立此若在井中，井口山壁形成之天空線，略似台灣輪廓，遊客到此處皆抬頭仰望。

合歡山雪景

——太魯閣公園見聞之八

選妥背景

脫掉上衣打赤膊
接著擺出一付
冰雪於我何有哉的姿態

歷史一向只記載
鮮明醒目的部份
此君諒必以為
快門按下的剎那
他就此留下

足以誇示後代的見證

不知道正史之外
還有流傳更廣的小說
否則不會剛下鏡頭
就匆匆穿上所有的衣服
還要來一杯熱騰騰的咖啡
壓制已經連續三響的噴嚏

《台灣現代詩》十八期，二〇〇九年六月。

慈母橋

——太魯閣公園見聞之九

吳稚暉與文天祥
相隔數百年的兩個人
到底有何道理
硬把他們湊一塊

每回驅車經過
總要問自己一下
而答案就是
為什麼每一個城市
都有中山路和中正路

幸好還有一道慈母橋
讓所有人欣然接受
天下的慈母那一個不偉大
誰管他當初橋成命名
是為了紀念那一位
偉大的母親

《台灣現代詩》十八期，二〇〇九年六月。

註：「稚暉」、「慈母」皆中橫公路上的橋名；「稚暉」橋在天祥附近。

和南寺

——花東海岸見聞之一

大雄寶殿上
佛與菩薩
半閉著眼入定
青獅白象
也屈膝成休息的坐姿
是否此刻頂禮者的心
平靜
如面對的這一片海域

長久守護娑婆衆生
施無畏
大士白衣已泛黃
猶自端坐半山腰
遍觀十方

水平線的彼端
未曾暫息
不可說的風暴在醞釀

《台灣現代詩》二十一期，二〇一〇年三月。

註：和南寺，位於花蓮縣壽豐鄉台十一線道旁，背山面海；大殿供華嚴三聖，寺後半山腰矗立造福觀音塑像，為名家楊英風的作品。

牛山

——花東海岸見聞之二

臨海一個封閉的山坳
大部份是雜草
最大的樹就在蜿蜒小路旁
是一棵茄苳
胸圍也不過雙手合抱

遠望海灘固然美麗
親臨只見礫石與砂
還有不小心就踩到的牛糞

不久前有人在那裡
用漂流木
搭了一間咖啡屋

的確不是氣象萬千的原始林
也沒有瀕臨絕種的稀有生物
就因為如此純樸脆弱
與世無爭
更值得珍惜

連參與建造二座水泥廠的我
當年都不惜自打嘴巴
跳出來連署反對

把這一片自然保護區
變成火力發電廠

《台灣現代詩》二十一期，二〇一〇年三月。

註：牛山，位於台十一線公路二十七公里處。一九九四年左右曾有財團申請在此建「花東火力發電廠」，引發反對聲浪，後作罷，現為自然保護區。以工程技術的角度來看該計劃，光是燃料的運輸問題就難以解決，該計劃其實可行性甚低，大概只是財團為了其他目的而提出的幌子，但當時仍引起環保團體一陣緊張。

親不知子斷崖
——花東海岸見聞之三

斷崖下傳來的
淒厲的風浪聲
夾雜著從母親背後
失手掉下海的孩子
哭叫媽媽的聲音

台十一線　經磯崎南下
過了隧道到新社
請不要高談環境保育
拒絕道路開發的話題

部落裡有人記得
年輕時在這裡
失去過孩子的母親
多年後心裡還淌著
已經從臉上乾涸的眼淚
在寒風呼號的季節

《台灣現代詩》二十一期，二〇一〇年三月。

註：親不知子斷崖，在台十一線公路四十一公里處，有一段如同清水斷崖般的地形，今新磯隧道外側尚可見山壁上早年開鑿的小徑遺跡。據說公路未開通前，往來新社、磯崎間之原住民，有在冬季季風吹襲下携子經此險徑，孩子掉下海而母親不知者，因此得名。

遺勇成林
——花東海岸見聞之四

懷著美好的夢想
前仆後繼地
用盡全力縱身一躍
把生命結束在百米深的谷底
留下竹林見證他們的壯舉

儘管有些距離
那血肉模糊的死相
絕對不會好看
奇怪就算長老頭目不說話

難道年輕的阿美姑娘也不怕
找不到丈夫

站在涼亭上左右張望
腳底發麻的我總算找到答案
只有為燕子請命
保留那一道舊橋樑給牠們
避風遮雨築巢做窩的民族
才能創作出如此浪漫的傳說

《台灣現代詩》二十二期，二〇一〇年六月。

註：在台十一線十八號橋處，地名蕃薯寮坑，具獨特之峽谷景觀。現行橋樑西側有一舊橋，道路擴寬新橋完成後原擬拆除，經居民反映應保留給燕子築巢，始改建為人行步橋。

石梯港賞鯨
——花東海岸見聞之五

追著我們繞來繞去的
這些船
船上的遊客
真的只是來觀賞我們
泳渡大洋的雄姿嗎

七嘴八舌指指點點的
難保不是在討論
我們身上的那個部位
適合紅燒或清蒸

乃至烘焙冒充牛肉乾
路過東岸外海的鯨豚
如此謹慎地交換了
彼此的疑慮
遷徙的航線逐年外移
讓賞鯨船撲空的次數
逐年增加

《台灣現代詩》二十二期，二〇一〇年六月。

長虹橋

——花東海岸見聞之六

一直到
所有裝了引擎的大小車輛
都改道從新建的鋼構橋
轟隆而過

順流而下
接近航程終點的泛舟客
才發現
橫跨秀姑巒溪出海口數十年
這道單薄的長虹即使褪色

依然風華不減
堪稱傑作

《台灣現代詩》二十二期，二〇一〇年六月。

八仙洞

——花東海岸見聞之七

考古已經挖了幾十年
還有新的發現
各文化層之間
據說年代相隔以千年計

無疑人類的品味
有一些是永恒不變的
幾萬年來的祖先無一不喜歡
看壯闊的海洋
聽澎湃的潮聲

否則後人不會把各自的信仰
這麼牽強地附會在這裡
洞裡供如來
洞名叫八仙

《台灣現代詩》二十二期，二〇一〇年六月。

人定勝天碑

——花東海岸見聞之八

經過數十年
難以計次的颱風侵襲
地震搖晃
仍然屹立在那裡

到目前為止確實作到了
但所謂人定勝天
依我看是多虧了
黏合碑石與基座的水泥
品質良好

加上施做時沒有偷工減料
至於署名立碑的那位縣長
想必一聽到熱帶低氣壓形成
就開始後悔
當時不該得意忘形
未經大腦就誇下那樣的海口

《笠詩刊》二七六期，二〇一〇年三月。

註：人定勝天碑，在台十一線六十二公里處，靠近石梯港，附近為一磯釣場。

磯釣場

——花東海岸見聞之九

每年　瘋狗浪
總要捲走幾條人命

岸邊礁石上立著幾根木樁
木樁上盤著一條繩子
繩子末端綁著一個救生圈
不見「禁止釣魚」的告示牌

卡在石縫中
釣客隨手丟棄的香煙盒

以極小的字體心虛地印著
「吸煙過多有害健康」

《台灣現代詩》二十二期，二〇一〇年六月。

石雨傘

——花東海岸見聞之十

是很久以前
某個颱風的即興之作吧
把一塊扁平的岩石
放在另一塊立石上
完工後遺忘在那裡

或許因為接近用餐時間
有人說看起來
更像一朵大香菇
無視於路旁標示牌上

毫無商量地寫著
石雨傘

無一免俗
上車前爭相以之為背景
搔首弄姿拍了照
惟恐不知什麼時候
像銀行在下雨天常作的那樣
颱風回來收了傘

未發表，二〇〇九年十一月十六日稿。

北回歸線標誌

——花東海岸見聞之十一

絕不越線
每次太陽走到這裡
就迴轉向南

千年之前就知道了
否則那來夏至
這個節氣

永遠有人硬是不相信
在一年一次的這一天

跑到兩根半圓柱的中間
觀察自己的影子
找尋翻案的證據

未發表，二〇一〇年二月一日稿。

註：北回歸線經豐濱鄉靜浦村，在台十一線公路旁立有圓柱型標誌，圓柱中間留一細縫，即北回歸線位置，理論上，每年夏至中午站在線上見不到自己的影子。

碧蓮寺

——花東縱谷見聞之一

樸實造型的鳥居
比長谷川總督樹立的石碑
更能證明
日本移民曾經把他們的鄉愁
寄託在這裡

不動明王還是表情不變地
守護著這片土地
明王座前的那對忠犬
卻因為聽不到鄉音

日益消瘦

住持不得不另找

全國連鎖經驗豐富的獅子

來擔任守衛的任務

《文學台灣》七十五期，二〇一〇年七月。

註：碧蓮寺前身為日本移民興建的豊田神社，在花蓮縣壽豐鄉，一九四六年改稱碧蓮寺，保存有鳥居、石燈籠、石犬、不動明王神像等日本文物，庭院大樹下有日本駐台總督長谷川清所立之「開村三十週年紀念」碑。

鳳林國小的孔廟
——花東縱谷見聞之二

是可忍孰不可忍
為一個平民百姓立大廟
還在庭中舞八佾
雖然一年三百六十五天
只熱鬧那麼一天

進入台北市的孔廟朝聖
只見先師板著臉
也難怪他生氣
辛辛苦苦著春秋

後世子孫卻自作主張
全不當一回事

幸好在這偏遠的小鎮
有這麼一間數尺見方的小屋
每天小學生在面前讀書
嬉笑跑跳又翻滾
老先生說
這才是安身立命的地方

《文學台灣》七十五期，二〇一〇年七月。

註：花蓮縣鳳林國小內設有一小型孔廟，為全國僅見之校園內孔廟，也是全國最小的孔廟。

林田山

——花東縱谷見聞之三

以前每一家廚房裡煮飯燒開水
都是拿檜木當柴火
提到這個轉型為觀光據點的村落
父親曾是林務局員工
在這裡度過童年歲月的朋友
如是對我說

木雕工作坊裡
當場操刀的藝術家
正賦予木頭全新的面貌

陳列的作品其價不菲
還不准拍照

然而這終究是不得已的選擇吧
檜木本該挺立高山上
翠綠土地製造芬多精
不應捐軀成各種造型
供人品頭論足
死了還不得安寧

《文學台灣》七十五期，二〇一〇年七月。

大陂池

——花東縱谷見聞之四

盛名所累
大陂池一度失去近半的面積
增產稻米
殃及池魚

越來越多的競爭者
穿起同款外衣打著相同旗號
為了取信慕名而來的人
鄉民不能不整治
孕育池上米的水與土

繞池一匝
相機處處拍攝到
水幫米
米幫水

《文學台灣》七十五期，二〇一〇年七月。

掃叭石柱
——花東縱谷見聞之五

動員那麼多人
花那麼多時間
拖行那麼遠的路
難道只是為了讓以後的人
遠近打量百思不得其解

慎選黃道吉日把謎語
固定在山坡上
卻沒有將謎底留下來
即使只給自己的子孫

如果知道這兩塊大石頭
為什麼在這裡
你還會覺得它們稀奇嗎
問過一位阿美族的老人家
得到這樣的答覆

未發表，二〇〇九年十一月二十八日稿。

花海

——花東縱谷見聞之六

除了
油菜花已經證實的
數大便是美

花東縱谷公路旁
兩期稻作之間的田地上
色彩繽紛的波斯菊
還告訴路過的遊客說
美好的事物生命總是短暫

站在田裡與花爭豔的少女
因此及時在照片裡留下
可傳至久遠的剎那

未發表，二〇〇九年十二月十三日稿。

六十石山

——花東縱谷見聞之七

如果不註明
光看圖片
未曾到過的人一定會說
這是某個歐洲國家的鄉間風光

在小店裡休息
好奇於似曾相識的鄉音
與店主人的長輩攀談起來
原來老人家來自故鄉雲林縣
當年八七水災失去家園後

逃難到此披荊斬棘
轉眼已經過了五十年
頓時覺得桌上的金針湯
飄著苦盡甘來的芳香

《文學台灣》七十五期，二〇一〇年七月。

稻草人
——花東縱谷見聞之八

驅趕偷竊者的任務現在交給了
不分藍綠的選舉戰旗
南腔北調的光碟片
此起彼落的鞭炮聲

稻草人轉移陣地
擺出各種生動的姿態
在大陂池遊憩區的入口
知客迎賓

不知是託友好手勢的福
還是拜兩袖清風之賜
鳥雀倒是避得遠遠的
看遊客傍著兼職模特兒的他們
拍照

《文學台灣》七十五期，二〇一〇年七月。

豐年祭

——花東縱谷見聞之九

與山前田頭田尾的土地公
分庭抗禮
分佈南北二百公里的後山
再小的原住民部落
至少都立著一支十字架

不要酸葡萄地說
那表示奶粉加麵粉
勝過刀槍和火炮
也不要冤枉他們

每個星期天上教堂
只是一再重覆去懺悔
這一週又喝了多少酒

選擇不是黑髮黑眼珠的耶穌
作他們每一家的主
除了基督無遠弗屆的愛
也因為祂還容許他們
每到中秋收成的季節
就變成歌舞告祭祖靈的異教徒

《文學台灣》七十五期，二〇一〇年七月。

後山保障區

——花東縱谷見聞之十

從差點當垃圾丟掉的雜物堆裡
搶救出來
小心地清理乾淨
請木作師傅修補了缺損
再上一道漆
看起來就像新的一樣

有專家說
所有這些整修的動作都是不必要的
古蹟文物不宜再加工

只能確保它自然地朽壞消失

沒有人異議
再度掛上協天宮正殿主供桌的上方
雖然「後山保障」未必名實相符
署名的吳光亮也不過是前清的總兵
卻比其後所有總統送的匾
更適合高懸在那個位置

《笠詩刊》二七六期，二〇一〇年四月。

註：協天宮，在花蓮縣玉里鎮，該宮最著名的文物為清朝總兵吳光亮所題之「後山保障」匾；該匾一度被冷落取下，近年才又找出來翻修掛上。

張七郎墓

——花東縱谷見聞之十一

站在埋葬歷史的墳前
忽然覺得百萬言累牘連篇的
調查報告或平反論述
都不及墓碑上的一付對聯

「兩個小兒為伴侶
滿腔熱血洒郊原」

更深的痛長久折磨
沒有同時成為伴侶的倖存者

有生之年心裡始終無法去除
讓他活下來面對這兩句話的
那張劊子手的照片

《文學台灣》七十五期，二〇一〇年七月。

註：張七郎，二二八事件中枉死的台灣精英，墓在鳳林鎮郊，花東公路旁；生前為地方上受敬仰的名醫，與長子、三子一起遇難，據地方耆老說，陳儀軍隊原欲趕盡殺絕，惟到次子家中時，見客廳牆上掛著蔣介石照片，從而得知他曾為軍醫，始倖免於難。

輯二

黑白鳥事

減肥

心裡始終擺著
泱泱大國的格局
多年來
由著它
見風就脹

有時它是矛
有時成為盾
惟一可以確定的
已經是誰都收拾不了的
爛攤子

當然這也不能完全怪
廣告上的美女
沒有說清楚
吃下幾十元
就增加一公斤的肉
減去時一公斤要花
幾萬元

《台灣時報》，一九九四年十月二十五日。

死去的人和離開的人
——天安門事件五週年

我的屍體
將化成這塊貧瘠的土地
最需要的養分吧
亂民般死去的人
最後只用這樣的一個夢
安慰自己

春天是再一次的幻影
種子

沒有萌芽

多年之後的今天
離開戰場而成為英雄的人
藉著回憶那一段
已經遙遠的故事
賺得滿抱的鮮花

正是當初
以為不必血淚灌溉
也能在故鄉開放的品種

《文學台灣》十三期，一九九五年一月。

其實不是天堂
——台大哲學系事件平反

只能有一種聲音
將異見流放出境的地方
對背負十字架的人
設置重重路障的地方

其實不是
天堂
卻是不能不堅持
要昂首回去的
原鄉

不回去
就無法顯示
用不同語言
解釋上帝的話
無罪

《文學台灣》十六期，一九九五年十月。

梅花

——華航標誌改版

為了尋找
可以降落的地點
毅然拋下傲骨
爬升至同溫層

唐詩中自賞的孤芳
從此肩負起
蒲公英的任務

成為圖騰這麼久

第一次體認到
君子
原來是一個
如此沉重的名銜

《自立晚報》，一九九五年十月二十七日。

岐路

指向東的牌子說
往西是死路
指向西的牌子說
往東是絕路

向南的說
往北是危邦
向北的說
往南是亂邦

長途跋涉

疲憊不堪的腳
因此猶豫著
是不是乾脆停下來休息

而不知所措的手
掏遍口袋
找不到
有四面的硬幣

《自立晚報》，一九九五年十二月十二日。

銅像言

消滅我的計劃
還未完成
已經有人開始懷念
我在世的日子

畢竟
這是一個亂世
有很多戰爭進行著
而我是金屬
是不可或缺的強硬
與堅持

除非解除對我的敵意
在不會結束的戰爭中
你們將永遠面對
我的存在
以不同的形式

《笠詩刊》一九一期，一九九六年二月。

愛的飛彈

愛
有時候
具有殺傷力

其實不懂愛的民族
掌握了這個祕密
因此不只是用嘴巴
信誓旦旦

在被拒絕的時候
還以意想不到的戴具

輸出
他們叫作同胞愛的東西

讓不想接受的人
在過熱的愛中
戰慄

《文學台灣》十八期，一九九六年四月。

謎底

耶穌應該後悔
在福音中
留下那麼晦澀的
暗喻

有人解開了
在扣下板機之前
上帝偷偷告訴他
謎底
不是和平

也許應該自責的是拉賓
讀了幾十年聖經
竟然沒有發現
基督有一個門徒叫
猶大

《台灣時報》，一九九六年七月十二日。

註：拉賓（Yitzhak Rabin），以色列總理，主張和解代替戰爭，不死於回教徒而被自己國人暗殺。

真相

一向以為
從深層挖出
經過琢磨
祛除灰暗的外表之後
就呈現
本來面目

只有在高壓下結晶
沉埋長久歲月
才能了解
吸引世人眼光的

不過是另一個
加工過的
碳

《笠詩刊》一九七期，一九九七年二月。

批判者

（一）

罪名
其實只有一個
就是弄一堆銅
塑成比別人高的形象

批判者
卻避開這麼一個
簡單的事實

努力在那些
自己正在複製的事情上
大作文章

（二）

離開地牢之後
才被判定為
有罪

是曝露在陽光下
香醇變質

或者只是因為

不願停止散發
與眾不同的氣息

《笠詩刊》一九八期，一九九七年四月。

困境

己經沒有
響亮的衝鋒號了
重復使用這麼多年
所謂公理　正義⋯
所有偉大的詞彙
都磨損了

必然的回應是
作秀

武器失效的戰士
正加強迷彩
等待和解
帶來新的語言

《笠詩刊》一九八期，一九九七年四月。

真實意

都發誓說
戰爭
是為了和平

當鴿子飛來
接近到可以辨識的距離
立刻有人堅持
那是一偽裝過的
鷹

因為不是

在他們計算的時間
從他們預期的方向
以他們認可的方式
降臨

彩繪的箭
脫弦而出
再一次精確地詮釋
戰爭的內涵

《文學台灣》二十四期，一九九七年十月。

英雄

失去的戰場
還在世界的某處
等候著

永遠的戰士
宣稱
敵人不曾消失
只是換面孔
換持槍的姿勢
換潛伏的位置

劇本業經改寫
其實真正需要消失的
是一再重復的故事中
他數度扮演過的
角色

《文學台灣》二十七期，一九九八年七月。

震源

可怕的是
只能等待它
發生

更可怕的是
要自己投票
選出震源

最可怕的是
總是在斷層上
原地重建

無處可逃
每隔數年一次
盯著媒體看
痛苦的消息

《笠詩刊》二一四期，一九九九年十二月。

孤鷹

是學會了謙卑
還是感到恐懼
終於到達頂點的鷹
現在擺出了
鴿子的姿態

在那樣的高度
只能獨立的位置
喝采或掌聲
都已經模糊
也不像以往那麼感動人

只有風
強勁的風
提醒自己的孤單

被期待永遠飛翔的鷹
或許是在思考
何時展翅
去確定自己的領空

《文學台灣》三十六期，二〇〇〇年十月。

黑白鳥事

已經沒有黑名單了
飛越國境的時候
還是嘎嘎叫了幾聲

不盡然是示威
其實自己也不知道
從什麼時候起
把惹人厭
當成榮耀的標記

肆無忌憚地

在水田裡
顧影自喜

一直沒有人告訴他
未淪為盤中飧
是因為瘦
不是因為白

《笠詩刊》二二三期，二〇〇一年六月。

焦黑的百合

廣場上
衆多眼睛的見證下
一朵野生百合
把自己燒成焦黑

昔日圖騰
今天累贅的道具
微弱幾聲嘆息
隱含責備
希望那是最後一次
走樣的演出

進入廟堂後
日漸優雅的手
已不再須要潔白的百合
來襯托
陽光與泥土的顏色

《文學台灣》三十九期，二〇〇一年七月。
《九十年詩選》，二〇〇二年五月五日。

天空線

有人抱怨這個城市
沒有天空線
總是在意想不到的地方
斷裂

換個角度就會發現
其實是在意想不到的地方
轉彎
一如這個城市的歷史

曲折
動人

《笠詩刊》二三〇期，二〇〇一年八月。

交叉點

投影到平面上
有一個交叉點的
二條線
在真正的時空裡
相隔十萬八千里

各自回去
說服自己的耳朵
相信交叉點的存在

努力多年才達成的

這個共識
卻在閉上眼睛時
被嘴巴推翻

《笠詩刊》二二四期，二〇〇一年八月。

聖戰

誓師大會上
矛與盾的寒光下
只有高懸的
主
對以祂的名義進行的
人與人的戰爭
沉默無語

《笠詩刊》二二七期，二〇〇二年二月。

鏡頭
——美伊戰爭之一

已經不用刺刀了
屍體灰飛煙滅
所以看不到
血的顏色

鏡頭拉得很遠
容納更多的斷垣殘壁
而長久暴露在
沙漠與戰火的高溫下
眼淚早已蒸發殆盡

誰去告訴記者
得獎作品一向是
諸如悲憫或反省這一類
先進科技偵測不到
合成不了的東西

《笠詩刊》二三五期，二〇〇三年六月。

砂塵暴
——美伊戰爭之二

迎面
給入侵者一陣
瀰天蓋地的
砂塵暴

電視機前
舉世都在猜測
還要多少日子才能確定
阿拉是否也聽到了
清真寺外的祈禱

也給造成這一切災難的
罪魁禍首
一點教訓

《笠詩刊》二三五期，二〇〇三年六月。

濃煙

——美伊戰爭之三

饗客以
濃煙
是要他們明白
這不是他們所謂的
上帝應允的土地

只為了牛奶與蜜
他們不至於以如此方式
登堂入室
而他們也不至於如此

拒人千里之外

那可能是最好的折衷
就在門口點燃石油
讓所有人都有機會看到
正義
究竟會燃燒多少時間

《笠詩刊》二三五期，二〇〇三年六月。

難題

——美伊戰爭之四

結論大家都清楚
戒指的魔神
不能代替油燈的魔神

縱橫沙漠
直之無前的異教徒
正面對誓師以來
最棘手的難題
推倒塑像之後
如何在原址

種活一棟樹

雖然已經是
第一萬零一夜
天亮之前
故事還要繼續下去

《笠詩刊》二三五期，二〇〇三年六月。

寶藏

——美伊戰爭之五

一望無際的沙漠
數十大盜
憑空消失了

除了那幾座奢華的行宮
一定還有更多的寶
藏在某個尚未被發現
連掩體剋星都奈何不了的
堅固洞窟裡吧

搜尋者徒勞無功
重建隊伍跟著出發了
不知他們之中
有沒有　至少一個
讀過天方夜譚
知道這個古老的國度
只對芝麻
開門

《笠詩刊》二三五期，二〇〇三年六月。

偉人的晚年
——蔣宋美齡拒絕出版回憶錄

堅持到最後一個謝幕　眼看
當年的朋友——後來發現不完全是朋友
當年的敵人——後來發現不完全是敵人
都走了
仍然沒有答案
那究竟是不是所謂最後的勝利
最後的歲月
日子只剩下
每一天都可能是最後的一次

從朝西的窗口望出去
只有他是比自己老的夕陽
確定明天還會升起
就寢前總是慶幸
還好有一個比自己偉大的神
可以對談

拒絕留下見證世紀的回憶錄
活得夠久了
已經足以了解
歷史
在什麼時候
會站在哪一邊

《笠詩刊》二三九期，二〇〇四年二月。

結

什麼時候開始
彼此成為
對方的敵人
都不復明確記憶了

為了什麼
更是盤根錯節
無從釐清的糾葛
其實也不再重要了

由一條繩子的兩端

持續朝對方前進
在無數次傷害彼此的磨擦之後
早已錯失了
應該相會的那一點

以為自己是另一個
偉大的征服者
卻沒有智慧承認
只有讓它成為二條平行的繩子
才能解開這百年的結

《文學台灣》五十九期，二〇〇六年七月。

灰頭翁

仗著無法飛越的天然屏障
後山的黑頭翁
堅持不去掉頭上那一撮
獨立的象徵

沿著山脈巡弋
山前的白頭翁
終於在南方的半島找到
討伐這些死硬派的缺口

交鋒多年後

兩軍的先頭部隊
卻在這裡言和
割據這一片版圖日大的
灰色地帶

於是雙方有了交集
共同面對
對之無可奈何的
下一代

《文學台灣》六十期，二〇〇六年十月。

如果只是一首詩

真相只有一個
大家都同意
這樣的事實

不同的筆卻寫下
不同的記錄
全部稱之為歷史

疲於拼湊
合上厚薄不一的版本時
忽然想起

如果他們留下的
只是一首詩

《台灣現代詩》十四期，二〇〇八年六月。

鷹之死

自由之火引燃多年
才開始朝世界屋脊延燒
翱翔天上的鷹
已紛紛墜地

竟然是餓死的
中國人搞不懂
到處不都是西藏人的屍體嗎
就連大昭寺外
也有喇嘛奉獻出今世的身軀

迦樓羅王無奈
活佛還在嘗試
如何讓那些異教徒了解
未經天葬的程序
鷹無法帶著靈魂飛升

《文學台灣》六十七期，二〇〇八年七月。

解嚴

戒嚴已經解除很久了
多數人都快忘了
曾經有戒嚴這回事

為了提醒
週期性地　每隔幾年
就再宣佈一次　解嚴
頻繁到大家都厭煩
終於達成共識
減少宣佈的次數

且慢討論這究竟是不是
一項德政
槍聲從娑婆世界的頂端
最接近佛國度的地方
正穿透唵嘛呢叭咪吽
來警告懈怠的心

不要拋棄戒嚴的記憶
當你的國家
還沒有被飛彈承認為
一個國家

《笠詩刊》二六六期，二〇〇八年八月。
《二〇〇八年台灣現代詩選》，二〇〇九年。

清場之後

麥克風拆除了
標語　旗幟　傳單
都進了垃圾車
人
放逐到很遠的山腳下

什麼都沒有留下來
清場之後
廣場恢復了乾淨與
寧靜

從最高的位置
透過高倍率的望遠鏡
他查證了
命令確已徹底執行

轉身之際
忽然感覺到還有回聲
沒有消除
還有影子　尚未抹淨
正在暗夜中擴散出去

背部升起一股寒意
趕緊倒杯溫開水
他心裡清楚

安眠藥還不能收起

《台灣現代詩》十七期，二〇〇九年三月。
《二〇〇九年台灣現代詩選》，二〇一〇年。

只有香如故

當年不願與異族合流
寧可一再跋涉遷徙
高傲的氏族
而今多不關心
自己在族譜上的位置

堅持千年的語言
退守少數遺民村莊
有人到已非故國的原鄉
惟恐口出異調的聲音

只有夜合花還未放棄
身為象徵的角色
在邊地的南方暗夜
猶自綻放不變質的芳香

那是在提醒代代子弟
不管家園何處
切勿輕易彎屈了
祖先遺傳下來的
脖子與膝蓋

高雄市政府客家委員會出版《夜合花》，二〇〇八年十一月。

寒

壁爐前輕裘持杯
窗外一片淨白
畫面裡沒有聲音
遂說酷寒的瑞雪
兆豐年

再不放晴
看不見的地方
會有人熬不到面對
下一季的晚娘面孔

《笠詩刊》二七二期，二〇〇九年八月。

求諸野

——天安門事件二十年

該死的人
有些後來死了　壽終正寢
有些逃亡異邦　安居樂業

不該死的人
有些當場死了　死不瞑目
有些還在牢裡　含冤莫白

事件發生才過二十年
歷史已經開始湮沒散失

呼籲還原真相的聲音
竟然來自海外
華夏文明所不及的地方

原來
不只是禮
義失
也要求諸野

《台灣現代詩》十九期，二〇〇九年九月。

留白

也許作畫時
那裡真的什麼都沒有
也許是創作者有意提供
一些空間讓知音想像
也可能是靈感如行雲流水
到此不得不停筆

絕對不會是
刻意空出那麼一塊區域
給財大氣粗或位高權重者
蓋上一方殺風景的圖章

作為佔有的宣示

應作如是觀
關於古蹟牆上的留白處
要不要標示
改朝換代時遺留的瘡疤

《台灣現代詩》十九期，二〇〇九年九月。

蝙蝠

閃閃躲躲
在鷹與鴞瓜分後
殘餘下來的一小段
不見日月的空域覓食
絕對不會碰觸
禁忌的界線

稱臣
獻出領空
放逐到幽暗的洞穴
從此倒懸過日的族群

猶以祖傳的飛行技巧
傲人

《笠詩刊》二七四期，二〇〇九年十二月。

原鄉悲歌

原以為旅程至此已經到底了
從祖先居住的平原
沿著河流向山區移動
走了幾百年
西拉雅族人終於走到了
後無追兵的這一站

不是沒有自己的文字
所以沒有自己的歷史
不願提起
只是一再逃亡的記憶

這樣的歷史

老天爺卻在最後一頁
畫了一個突兀的驚嘆號
警告悲劇還未結束
命中注定必須繼續找尋
另一塊土地
另建一個能避天災的部落

然後　如果遺民能湊足人數
在下一次的夜祭中
再一次祈求
那是真正遠離人禍的
遷徙之終點

《台灣現代詩》二十期，二〇〇九年十二月。

註：莫拉克颱風引發的八八水災中，幾遭滅村的甲仙鄉小林村，為一西拉雅平埔原住民的聚落，以保存西拉雅族人的文化傳承著稱。

輯三

偶得

暴走族

在暗夜奔馳
不是追逐
是被追逐
極目所見盡是漆黑

恣意揮刀
是為了早日習慣
自己必將流出的血

呼嘯聲中
乍然熄火

跌回動彈不得的網裡
面對亮光低頭的模樣
才是本來面目

專家說
狂飆無罪
錯在這個世界
沒有空間

《太平洋日報》，一九九四年十月十六日。

代溝

還未看清
螢光幕上
激烈跳動的那些重金屬
他們又吼又叫
稱之為歌的
已經是無可逃避的轟炸

那就是某飲料廣告提到的
新新人類
孩子說
難怪你不懂

只好再去買一台電視機
在他們定時發作
又搖又滾的時候
請出仍然認識的史艷文
再度披掛上陣
負隅
頑抗

《自立晚報》，一九九四年十月二十日。

箭

——寫給孩子

一發中鵠
詩
應該是這麼寫的

對人來說
鵠
就是他的要害吧

機械工程師
工程課長

不幸又寫詩的我
已經離弦
無法轉彎
也不可能折返

如果你承傳了我的尖銳
那麼　不要忘了
這個世界所謂的好功夫
是瞄準半天
只劃破對方的衣服
絕不損及他的肌膚

《笠詩刊》，一九九四年十二月。

路人

惟恐是
輸送帶上
批次產品中的
一個

不斷地
在與世界接觸的第一線
構築獨特設計的工事

直到乍見路旁櫥窗上
自己那張陌生的臉

才發現大家都戴著
同樣表情的面具

《自立早報》，一九九五年八月二十九日。

KTV

世界縮小
成一間斗室時
才敢對著世界
吼叫

藉別人的語言
發表自己的心
其實不可能貼切

也只能這樣了
一旦驅動英雄的燃料

酒精燒盡
立即還原成無援的士兵
獨立被圍的山頭
四面楚歌

《笠詩刊》一八九期，一九九五年十月。
《台灣文學選（一九九五，九六）》，一九九七年五月。

祈雨

都不相信
他們知道
龍在哪裡

苦候甘霖的人
沒想到
龍可能注意
雖然是不會因而下雨的
動作

歷史教科書說

龍已經離開
俯視的位置
持香登台的人
還是保持
仰望的姿態

《笠詩刊》一九五期，一九九六年十月。

愛的疫苗

不管是十五歲
還是五十歲
一旦感染了
都同樣煎熬

沒有
抵抗力與年齡
成正比或反比這回事

生生世世
輪迴在這個世間

找尋疫苗
卻不知那是構成生命的基因
不可能絕緣

《台灣時報》，一九九七年十一月十三日。

節目

聲稱
提供愛
而我們一再看到
愛的痛苦

當然也有笑
但比較多的是
眼淚
倒是真實反映了人生

在我們需要

黑白分明時
給我們一個
色彩越來越混亂的世界

《笠詩刊》，一九九八年四月。
《一九九八台灣文學選》，一九九九年五月。

偶得

（一）

你想要加熱的
是我想要冷卻的東西
但它已經是一顆鑽石
只需要細心的琢磨

（二）

不願意相信
可是故事
已經結束了

於是我將它寫成
沒有句點的
詩

（三）

整個夏天
雲和海都在爭論
誰代表

季節的顏色
不耐久候的楓樹林
遂舉火
把自己點燃

《笠詩刊》二一九期，二〇〇〇年十月。

第一天
——二〇〇一年元旦

將面臨什麼樣的年代呢
苦思整夜的貓頭鷹
在破曉前闔眼
疲乏睡去

露臉的還是那個
萬年老太陽
喧嘩的麻雀
迎著新世紀的第一道曙光
把地球叫醒

出發去覓食

《笠詩刊》二二一期，二〇〇一年二月。

二〇〇一年歲暮

遠方昂貴的戰爭
已退潮到報紙的第三版
被波及的無辜荷包
還在持續縮水

最需要雇主的日子
自告奮勇了一堆
代價難測的公僕
颱風掛上去的垃圾
還在二樓欄杆上
又面臨滔天的口水

趕快銷假上班吧
不管你是那一個主
現在不是
罷工的時候

《笠詩刊》二二七期，二〇〇二年二月。

蛇

為了集善美於一身
把所有的醜
一切的邪惡
分離出來
另成一難解的象徵

失真的作品
從完工的那一刻起
就背負艱辛的任務
抵抗補足遺漏
完整自我的誘惑

上帝交代
要一直潛伏到
最後審判的日子

《笠詩刊》二三〇期，二〇〇二年八月。

酒話

烙印在軟木塞上的祕記
是生日
那麼　曝光的今天
就是死期了

可是
你如何看待
如此吸引人的
那一聲歡呼

脫離禁錮的佳釀說

從一顆葡萄開始
經過多少修煉
今天
是終於成就的日子

《笠詩刊》二四六期，二〇〇五年四月。

轉彎

轉個彎之後
或許會看見
一片青青草地
不知名的花朵
在風中搖曳

路過濱海的小城
某個路口轉彎
或許就直下沙灘
海上風帆悠然浮過

都有可能遇見吧
在每一個轉彎後頭
似曾相識的一張臉
為之動心的笑靨

經常有這樣的想法
也經常遲疑和懊悔
是否錯過了彎頭
在漫漫長路的旅途中
沿著宿命方向前進的旅人

《台灣現代詩》四期，二〇〇五年十二月二十五日。

老人會館

捍衛疆土的士兵
越來越老
戰爭
越來越激烈

老是改變
第一顆砲彈落點的砲兵
前天走了
第一顆砲彈終於安息
在它原來著陸的地方

總有一天
那個曾經通紅的小島
會停止在這裡引燃
一次又一次的
戰火吧

那時候
從地下室的伴唱機
還會傳來
黃昏的故鄉嗎

《笠詩刊》二五〇期，二〇〇五年十二月。

門前的檳榔樹

只接受白肉幼齒的市場
纍纍無人採收的成果
使弧度不識相地
出現在肩部

風暴來時
不懂彎腰的老欉
一一斷折

猶堅持最後的奉獻
除了昨夜餐桌上的半天筍

今晨泥土裡
落地的老死
已然掙出了新生

《笠詩刊》二五三期，二〇〇六年六月。

颱風

行動飄忽
遊擊隊一般
從不同的地點
登陸衆家電視台

既稱專業
當然自成一家之言
惟一的共同點
他們都不敢說
人定勝天

至於誰的預測最準確
其實無關緊要
緊盯著螢幕
衆多眼睛真正想看的是
明天到底
放不放假

《台灣現代詩》八期，二〇〇六年十二月。

路口攝影機

未曾偷窺
未曾跟監
未曾說過一句悄悄話
卻被一口咬定為告密者
慘遭抹黑

不近人情
不分青紅皂白
不受歡迎乃是宿命
雖然所作的一切
確確實實是為了大家好

應該怪我們偉大的傳統
翻遍那麼厚的歷史
規規矩矩的老百姓
何嘗在裡面留下過記錄

《台灣現代詩》八期，二〇〇六年十二月。

秋雨

——退休後作之一

從來沒想到
竟然
是以那樣的方式
揭開季節的序幕

去年是
前年也是
再往前推的每一年
回想起來
都是

不知如何描述
這奇妙的發現
已經是上午十點鐘
兀自站在這裡
漫無目標地望著窗外

聽今年第一陣秋雨
輕鬆宣佈
現在開始
把太陽往南推移

《笠詩刊》二五六期，二〇〇六年十二月。

名片
——退休後作之二

捨棄皮夾裡那一張
三十年間數度更換頭銜
其餘內容不變的紙片
負擔驟減

從此對於不想應付的人
政府官員　管不管得著
民意代表　藍或綠
媒體記者　筆或錄影機
就讓他在視覺裡成為空氣

碰到有人危言聳聽
將仰望多年的煙囪
和死亡連結在一起
再也不必氣敗壞地上前
爭論沒有人了解的數據

只有一點小困擾
似乎還沒有人
接到對方遞來名片時
自我介紹回應說
我是個詩人

《笠詩刊》二五六期，二〇〇六年十二月。

家事

——退休後作之三

刀俎放在那裡
油膩碗盤如何清洗
拖地板花去幾分鐘
這些
現在全部知道了

至於馬桶阻塞
日光燈閃爍不停
原本就是
當仁不讓的任務

有些笑話要趕快忘記
譬如解甲歸田的將軍
天天在老婆開出的菜單上批
如擬

偏偏有句話
怎麼也忘不了
卻又不能說出來
男人真命苦

《笠詩刊》二五六期，二〇〇六年十二月。

女兒出閣

禮服二套就可以了
用不著聘請專業的攝影師
浪費那麼多底片吧
蜜月旅行有必要
到遙遠的日本北海道去嗎

典禮前照舊是
惹人厭的
小氣老爸的語氣
站在台上致詞

誠惶誠恐的主婚人
深怕說錯一句話
就會影響她此後的幸福
竟微微地顫抖了起來

終於體會
為什麼都說女兒是
前世的情人

《台灣現代詩》十一期，二〇〇七年九月。

飛

（一）

即使在那樣的高度
只剩下自己與風
腳下的一切全部成了
眼裡微不足道的點

界限依然存在
星辰標示位置
日月提醒
距離下降還有多少時間

（二）

層層覆蓋上去
翅膀爭相劃分
割據的版圖
都隨著返航迫降而消失

任風指使
無所企圖的雲
成了天空
最後的佔領者

《台灣現代詩》，二〇〇七年十一月。

秋天

日曆已經撕到十一月
旁邊的溫度計水銀還堅守在
二十四度C
屋外　綽號老虎的太陽
依然張牙舞爪

只花二千元和二小時
就完成了保護色
鏡中那張臉只要記住不皺眉
便可以安慰自己說
春　猶在

直到未關緊的車窗
灌進來陣陣傍晚的冷風
考驗著脆弱的偽裝
而不明就裡的高中女學生
偏偏在此時讓出博愛座

頑抗多時
終究阻擋不了她現身
執行生命的輪迴

《笠詩刊》二六三期，二〇〇八年二月。

季節的素描

（一）

想化剎那為永恆
就不要一直移動鏡頭
再美的笑容也維持不了
超過三個月

古人不是早說過
花開堪折直須折

（二）

如果當年不射下
九個太陽
今天我們就會有更多
免費的能源

不必天天叫
節約用電

（三）

紛紛詢問　是誰
走過之後
葉落花飄零

不要冤枉我
風說
是她

（四）

只是藏起熱情
竟被形容成
冷
無悔捨去顏色
還原真摯的
白

《台灣現代詩》十三期，二〇〇八年三月。

老火車頭

（一）

頑固地站在那裡
堅持
介紹詞必須修正重寫
退休不是因為拖不動
而是已經很久
沒有鄉愁上車了

（二）

入定般站在那裡
冷眼看徒子徒孫
在馬路上學邯鄲步
呼嘯而過

如果不是鐵軌只剩一小段
老人家真想現身說法
告訴他們什麼叫
龍行於野

《台灣現代詩》十五期，二〇〇八年九月。

有感

（一）

發明火藥的民族
也發明了印刷術

如此利器
竟然只用來征伐
與同化

（二）

坐北朝南
應該是因應自然環境的緣故
卻說成為了紀念發現磁極
而打贏史上第一場戰爭
從此成為帝王專屬的方位

（三）

北極的冰融解之後
會出現新航線
也有人在期待

如此一條從世界各地
航向死亡的捷徑

（四）

已經虔誠祈禱了百年
仍然沒有上達天聽

載著風調雨順國泰民安
天燈緩緩飄向黑暗的天空
最終還是掉落回到地上

（五）

有研究指出麒麟是長頸鹿
中國的龍是鱷魚

對前者沒意見我相信後者是真的
還有什麼生物比鱷魚更醜陋殘暴
經千萬年沒有進化

未發表，二〇一〇年二月十日稿。

語言文學類　PG0411

黑白鳥事

作　　者 / 林豐明
責任編輯 / 林泰宏
圖文排版 / 鄭佳雯
封面設計 / 林士強

發 行 人 / 宋政坤
法律顧問 / 毛國樑　律師
印製出版 / 秀威資訊科技股份有限公司
114台北市內湖區瑞光路76巷65號1樓
電話：+886-2-2657-9211　傳真：+886-2-2657-9106
http://www.showwe.com.tw
劃撥帳號 / 19563868　戶名：秀威資訊科技股份有限公司
讀者服務信箱：service@showwe.com.tw
展售門市 / 國家書店（松江門市）
104台北市中山區松江路209號1樓
電話：+886-2-2518-0207　傳真：+886-2-2518-0778
網路訂購 / 秀威網路書店：http://www.bodbooks.tw
國家網路書店：http://www.govbooks.com.tw
圖書經銷 / 紅螞蟻圖書有限公司
114台北市內湖區舊宗路二段121巷28、32號4樓
電話：+886-2-2795-3656　傳真：+886-2-2795-4100

2010年09月　BOD一版
定價：270元

國家圖書館出版品預行編目

黑白鳥事 / 林豐明著 . -- 一版 . -- 臺北市　: 秀
　威資訊科技，2010.09
　　面； 公分. -- (語言文學類 ; PG0411)
　參考書目 : 面
　ISBN 978-986-221-552-4(平裝)

851.486　　　　　　　　　　　　99014433

讀者回函卡

感謝您購買本書，為提升服務品質，請填妥以下資料，將讀者回函卡直接寄回或傳真本公司，收到您的寶貴意見後，我們會收藏記錄及檢討，謝謝！

如您需要了解本公司最新出版書目、購書優惠或企劃活動，歡迎您上網查詢或下載相關資料：http:// www.showwe.com.tw

您購買的書名：________________________________

出生日期：________年________月________日

學歷：□高中（含）以下　□大專　□研究所（含）以上

職業：□製造業　□金融業　□資訊業　□軍警　□傳播業　□自由業

□服務業　□公務員　□教職　□學生　□家管　□其它_____

購書地點：□網路書店　□實體書店　□書展　□郵購　□贈閱　□其他

您從何得知本書的消息？

□網路書店　□實體書店　□網路搜尋　□電子報　□書訊　□雜誌

□傳播媒體　□親友推薦　□網站推薦　□部落格　□其他__________

您對本書的評價：（請填代號　1.非常滿意　2.滿意　3.尚可　4.再改進）

封面設計____　版面編排____　內容____　文／譯筆____　價格____

讀完書後您覺得：

□很有收穫　□有收穫　□收穫不多　□沒收穫

對我們的建議：________________________________

____

____

____

請貼
郵票

11466
台北市內湖區瑞光路 76 巷 65 號 1 樓

秀威資訊科技股份有限公司 收

BOD 數位出版事業部

(請沿線對折寄回，謝謝！)

姓　　名：＿＿＿＿＿＿＿＿ 年齡：＿＿＿＿ 性別：□女　□男

郵遞區號：□□□□□

地　　址：＿＿＿＿＿＿＿＿＿＿＿＿＿＿＿＿

聯絡電話：(日)＿＿＿＿＿＿＿＿ (夜)＿＿＿＿＿＿＿＿

E-mail：＿＿＿＿＿＿＿＿＿＿＿＿＿＿＿＿